AF356742

20 Mai 1889
V

Vente du Lundi 20 Mai 1889

HOTEL DROUOT, SALLE Nº 8

BELLES
ÉTOFFES ANCIENNES

BRODERIES

TAPISSERIES

Éventails — Dentelles

BELLE BOITE LOUIS XVI EN OR ÉMAILLÉ

EXPOSITION PUBLIQUE

DIMANCHE 19 MAI 1889

DE UNE HEURE A CINQ HEURES

<table>
<tr><td>Mᵉ Paul CHEVALLIER</td><td>M. Ch. MANNHEIM</td></tr>
<tr><td>COMMISSAIRE-PRISEUR</td><td>EXPERT</td></tr>
<tr><td>10, rue Grange-Batelière, 10</td><td>7, rue Saint-Georges, 7</td></tr>
</table>

CATALOGUE

DES

ÉTOFFES ANCIENNES

Des XVIᵉ, XVIIᵉ et XVIIIᵉ siècles

Broderies — Soieries

Beaux Brocarts

Velours — Tapisseries au point — Galons — Franges
Éventails — Dentelles

BELLE BOITE LOUIS XVI EN OR ÉMAILLÉ

Tapisseries Renaissance et Louis XV

DONT LA VENTE AURA LIEU

HOTEL DROUOT, SALLE N° 8

Le Lundi 20 Mai 1889

A 2 HEURES

Mᵉ PAUL CHEVALLIER	M. CHARLES MANNHEIM
COMMISSAIRE-PRISEUR	EXPERT
10, rue de la Grange-Batelière, 10	7, rue Saint-Georges, 7

EXPOSITION PUBLIQUE

Le Dimanche 19 Mai 1889, de 1 heure à 5 heures.

CONDITIONS DE LA VENTE

Elle sera faite au comptant.

Les acquéreurs payeront en sus des enchères *cinq pour cent*, applicables aux frais.

L'exposition mettant le public à même de se rendre compte de l'état des objets, il ne sera admis aucune réclamation une fois l'adjudication prononcée.

Paris. — Imp. de l'Art. E. Ménard et Cⁱᵉ, 41, rue de la Victoire.

DÉSIGNATION DES OBJETS

BRODERIES

1 — Deux dalmatiques et une chasuble de magnifique broderie de soies multicolores de l'époque Louis XIII, d'une extrême finesse d'exécution, à décor de guirlandes de fleurs polychromes sur fond crème simulant des nuages. Parfait état de conservation.

2 — Deux dalmatiques et une chasuble de très beau brocart du XVIIIe siècle, à dessin en couleur sur fond de satin crème, avec lamé d'argent et riches festons brodés en fin.

3 — Deux belles dalmatiques de soie crème, à élégante ornementation en broderie de soies de couleurs et d'argent doré. Travail remarquable de l'époque Louis XIV.

4 — Grande et belle jupe de soie Louis XV, fond
crème côtelé, à riche décor de bouquets inscrits
dans un treillis, en broderie de soies de couleurs d'une incomparable finesse.

5 — Magnifique portière en satin cerise, couverte
de fleurs arabesques, d'oiseaux et de chimères
en broderie de soies multicolores. Au centre,
un médaillon offrant un aigle héraldique ; dans
les angles, des figures d'amours. Elle est bordée
de franges jaunes.

6 — Dix pièces pour sièges en soie Louis XV,
fond crème, à fleurs et festons brodés en couleur.

7 — Huit housses de coussins en satin crème
Louis XVI, brodé au point de chaînette.

8 — Lot de bandes en soie crème, décorées de
festons de fleurs brodés en chenille.

9 — Manteau de Vierge en damas crème, décoré
de fleurs en broderie de soies au passé, avec
fils métalliques.

10 — Panneau en broderie d'argent, en relief sur

fond rose, représentant la tiare du Pape et les clefs en sautoir.

11 — Bande de 1 mètre 90 cent. en toile Renaissance, à motifs de vase en réserve sur fond ajouré et brodé de soie rouge.

12 — Bande de 2 mètres 10 cent., analogue à la précédente et à dessin représentant des dauphins affrontés.

13 — Bande de 2 mètres 5 cent. d'un travail analogue, ornements et lions affrontés.

14 — Bande de 1 mètre 60 cent. en toile brodée rouge, à ornements et animaux.

15 — Bande de 1 mètre 50 cent. en toile à dessin réservé sur fond ajouré et brodé de soie rouge, représentant des figures, des animaux chimériques et des vases.

16 — Bande de 2 mètres 30 cent., toile à fond ajouré brodé de rouge, dessin à chimères et ornements.

17 — Quatre morceaux variés et une nappe, décorés de broderies.

18 — Tableau en broderie représentant deux personnages en costume Moyen-Age supportant un écusson.

SOIERIES — BROCARTS

19 — Grande et magnifique jupe en soie Louis XV, fond bleu parsemé de grains de café et décoré de festons de fleurs brochés en couleur.

20 — Grande jupe de soie Louis XV, à bouquets et festons brochés en couleur et lamés d'argent, sur fond saumon.

21 — Grande jupe de soie Louis XIV, à fleurs et habitations brochées en couleur sur fond rose.

22 — Jupe Louis XV, en satin gris perle, à bouquets et festons brochés, en soie de tons très vifs.

23 — Jupe Louis XIV, à dessin de tourelles et
d'arbustes, sur fond gris.

24 — Jupe Louis XV, vieil or, à bouquets et festons en couleur, lamés argent.

25 — Jupe Louis XV, en satin crème, à bouquets
d'œillets brochés en couleur.

26 — Belle portière Renaissance, en brocart vert
et or, à dessin d'arabesques.

27 — Grand bandeau de brocatelle Louis XIII, à
dessin rose sur fond bouton d'or.

28 — Portière Louis XIV, de beau brocart, à large
dessin de fleurs et de rinceaux, or sur fond
rouge.

29 — Chape Louis XIV, à large dessin blanc et
rouge, sur fond verdâtre.

30 — Morceau de cinq lés, en satin Renaissance,
parsemé d'oiseaux, de vases et de fleurettes, en
couleur sur fond prune.

31 — Belle portière de drap d'or, à fleurs et feuillages. Époque Louis XIV.

32 — Belle chape gothique, tissée en argent, à fleurons inscrits dans un quadrillé.

33 — Devant d'autel Louis XIV, fond crème et fond rouge, à bouquets et bandes ondulées ; il est garni de franges.

34 — Très grand devant d'autel Louis XIV, analogue au précédent et garni de franges.

35 — Deux chapes Louis XIV, pareilles, à gros bouquets brochés en couleur et rehaussés d'or, sur fond crème.

36 — Grand gilet Louis XV, en dauphine bleue, à riches festons brochés en couleur, tissés et lamés d'or et d'argent.

37 — Environ 47 mètres de brocatelle italienne de la Renaissance, à dessin bleu de ciel sur fond vieil or.

38 — Grande pièce de damas crème Louis XVI, à
bouquets et rubans.

39 — Robe de brocart Renaissance, à fleurons inscrits dans un treillis, or et rouge, avec garniture en dentelle d'argent.

40 — Tapis Louis XIV, en drap d'or, à fleurs brochées en couleurs.

41 — Deux grandes pièces de soie Louis XVI, à
raies et festons, brochées en couleur sur fond
gris rosé.

42 — Jupe de soie Louis XVI, à raies, rose et
blanc, avec fleurettes et festons brochés en couleur.

43 — Feuille d'écran, à décor de ports de mer et
bouquets brochés en couleur sur fond crème.

44 — Trois pièces de magnifique brocart Louis XIV,
à dessin or, argent et couleur sur fond rose.

45 — Deux pièces de chasuble à dessin gothique
velouté, rehaussé de bouclé métallique et lamé
or. Venise, **xv**⁰ siècle.

46 — Trois morceaux de damas corail, à dessin de
fleurs. xviie siècle.

47 — Chape Louis XV, à dessin vieil or sur fond
rosé.

48 — Morceau de soie, à bouquets blancs relevés
d'argent, sur fond rose vif.

49 — 17 m. 35 cent. d'étoffe Louis XIV, à dessin de
palmes tissées rouge sur fond jaune.

50 — Jupe Louis XV, de beau brocart, à festons
lamés et tissés en lin, sur fond crème damassé.

51 — Grand morceau de soie Louis XV, brochée
et chenillée à fleurs de couleur sur fond violet
évêque, composé de quinze lés mesurant chacun
un mètre environ.

52 — Deux grands morceaux de soie Louis XVI,
rayée, verdâtre, à fleurettes tissées en argent.

53 — Deux belles jupes de soie blanche Louis XVI,
à festons de fleurs, brochés en couleur.

54 — 20 mètres de soie en pièce Louis XVI ; dauphine.

55 — Jupe Louis XV, fond rouge à fleurs brochées en couleur, avec rehauts métalliques.

56 — Jolie jupe Louis XV, à dessin de rosiers et de bandes ondulées, brochés en couleur et relevés de fils métalliques sur ton réséda.

57 — Deux pièces de chasuble de très belle soie Louis XV, brochée et chenillée à fleurs de couleurs et bandes ondulées sur fond rouge.

58 — Six morceaux de soie brochée Louis XIV, à grosses fleurs en couleur sur fond rose pâle.

59 — Dix morceaux et une jupe de damas rouge Louis XIV.

60 — 6 m. 70 cent. en deux lés de damas groseille Louis XVI.

61 — 8 mètres en deux lés cousus de damas rouge Louis XIV.

62 — Lot de morceaux de damas rouge Louis XIV,
mesurant ensemble 28 mètres.

63 — Belle portière de damas rouge Louis XIV,
composée de cinq lés, mesurant 13 m. 75 cent.,
et bordée d'une frange,

64 — 1 m. 55 cent. brocart Louis XV, à fleurs en
couleurs sur fond bleu.

65 — Trois pièces de chasuble en brocart Louis
XIV, or et argent, sur fond rosé.

66 — Deux pièces de chasuble Louis XV, fond
crème et fleurs de couleur.

67 — Trois pièces de chasuble en brocart Louis
XIV, fond crème damassée et fleurs en couleur.

68 — Morceau de soie brochée Louis XV, à festons
de fleurs en couleur sur fond crème.

69 — Bandeau Louis XIV de satin crème, à bouquets brochés en couleur.

70 — Grande portière en toile de Jouy, imprimée
en couleur, à figures et arbustes dans le goût
chinois.

VELOURS

71 — Six morceaux de velours Louis XIV, à grand
dessin rouge sur fond jaune.

72 — Cinq morceaux de velours analogue au précédent.

73 — Sept morceaux de velours rouge Louis XIV,
à large dessin ton sur ton.

74 — Neuf morceaux de velours rouge Louis XIV,
à larges palmes et feuillages.

75 — Treize morceaux de velours rouge à grands
dessins.

76 — Quatre bandes Renaissance en velours de
soie rouge unie.

77 — Six lambrequins de beau velours orangé, à

fond d'or, mesurant 12 m. 25 cent., et bordés de galons et franges métalliques.

78 — Trois lambrequins de velours rouge, ton sur ton.

79 — Deux bandeaux de velours rouge Louis XIV, avec franges métalliques.

80 — 1 m. 60 cent. de velours rouge Louis XIV, à dessin ton sur ton.

81 — Tapis de velours épinglé bleu pâle, à fond lamé argent.

82 — Devant d'autel en velours de la Renaissance, vert mousse.

GALONS — FRANGES

83 — 4 m. 20 cent. de bordure Louis XIII, en broderie de soies multicolores.

84 — 13 m. 15 cent. de galon en velours épinglé, à armoiries de cardinal.

85 — 10 m. 70 cent. de galon Louis XIII, velouté
à plusieurs tons.

86 — Environ 30 mètres de galon Renaissance,
velouté jaune et vert mousse.

87 — 17 mètres de franges à glands, bleu et vieil or.

88 — 5 m. 30 cent. de frange grise.

89 — 12 m. 30 cent. de frange de soie crème, avec
rosaces en passementerie.

90 — 9 mètres de frange rosée à glands.

DENTELLES

91 — 3 mètres de guipure de Venise, à reliefs.

92 — 3 m. 70 cent. de guipure.

93 — Deux bandes et deux morceaux de guipure
Louis XIII.

94 — 1 m. 10 cent., jabot en point d'Alençon.

95 — 5 m. 40 cent. d'Alençon, en trois bandes.

96 — 4 m. 50 cent. d'Alençon, en trois bandes.

97 — Neuf morceaux d'Alençon, mesurant ensemble 4 m. 15 cent.

98 — 3 mètres de point d'Alençon, en trois bandes.

99 — Quatre morceaux en point d'Alençon, mesurant ensemble 2 m. 25 cent.

100 — Trois bandes d'Alençon, ensemble 3 m. 15 cent.

101 — Bonnet garni de valenciennes, à figures et cavaliers.

102 à 104 — Trois lots de coupes, bandes et morceaux.

TAPISSERIES AU POINT

105 — Grand tapis de table à figures, chimères, rinceaux et feuillages en tapisserie au petit point, fond noir, avec rehauts de fils métalliques. Époque Louis XIV.

106 — Feuille d'écran en tapisserie au petit point, à sujet tiré de la Jérusalem délivrée.

107 — Dessus de table en tapisserie au point, à figures dans un paysage.

108 — Dessus de table en ancienne tapisserie au petit point, milieu à sujet, encadrement à fond noir.

109-110 — Seize morceaux pour garniture de sièges, en ancienne tapisserie Louis XIV au point.

TAPISSERIES

111 — Belle tapisserie de la Renaissance, représentant Mercure et Argus, et décorée de deux ar-

moiries. La bordure est composée de festons de
fleurs et de fruits. — Haut , 1 m. 80 cent.;
long., 4 m. 60 cent.

112 — Quatre fragments en tapisserie du XVIe siècle,
à figures costumées à l'antique, guerriers, etc.

113 à 115 — Suite de trois tapisseries du XVIIIe siècle, représentant des sujets de chasse composés
de cavaliers en costume Louis XV, dans des
forêts, avec des vues de ville dans l'éloignement.
Les bordures sont formées de festons de fleurs.

    1° Haut., 2 m. 80 cent.; larg., 2 m. 90 cent.
    2° Haut., 2 m. 80 cent.; larg., 3 m. 80 cent.
    3° Haut., 2 m. 80 cent.; larg., 2 m. 40 cent.

116 — Petit fragment de tapisserie verdure avec
oiseaux.

117 — Tapisserie incomplète représentant un sujet
tiré de l'histoire de Psyché, composé de nom-
breuses figures. — Haut., 1 m. 60 cent.; long.,
4 m. 25 cent.

118 — Autre, de la même suite. — Haut., 2 mètres;
long., 3 m. 65 cent.

119 — Autre. — Haut., 1 m. 85 cent.; long., 2 m.
10 cent.

TABATIÈRE

120 — Belle boîte ovale du temps de Louis XVI, en
or guilloché et émaillé rouge orangé, enrichie
de montants et de cordons ciselés à feuillages en
relief et émaillés vert et rouge. Le dessus de la
boîte présente, dans un médaillon ovale, le por-
trait de l'empereur Joseph II d'Autriche, de profil
à droite, peint en miniature, et qui porte en bas
l'inscription suivante : EX . MUNIF . IOS . II .
IMP . G.

ÉVENTAILS

121 — Joli éventail Louis XVI, à monture d'ivoire
complètement ajourée et offrant des bustes et
des guirlandes en dorure, feuille en soie à
figures peintes, rinceaux et guirlandes en paillettes de couleur.

122 — Éventail Louis XV, à monture d'ivoire dé-

coupée à jour, présentant des amours et des bergers en dorure.

123 — Éventail Louis XV, à monture de nacre peinte et dorée, avec feuille représentant le Jugement de Pâris.

124 — Éventail à monture de nacre et feuille représentant le Jugement de Pâris.

125 — Éventail à monture d'ivoire finement sculptée et ajourée, feuille à sujet espagnol.

126 — Éventail à monture de nacre sculptée et gravée, à figures et ornements.

127 — Éventail Louis XVI, monture en nacre décorée en dorure, feuille peinte de sujets galants encadrés de paillettes métalliques.

128 — Éventail à monture d'ivoire à figures de Chinois, et à fleurs sculptées et ajourées, feuille représentant un sujet pastoral.

129 — Monture en nacre.

130 — Éventail Louis XVI, à monture d'ivoire rehaussée de bleu et de dorure ; feuille à médaillon avec encadrements de paillettes.

131 — Éventail Louis XVI en ivoire, avec feuille à trois médaillons : Scène Louis XV et deux paysages, encadrés de paillettes.

132 — Éventail en bois, à transformation, formant quatre décors variés en couleur.

133 — Éventail Louis XV en ivoire relevé de couleur, et feuille peinte à sujet pastoral.

134 — Éventail à monture d'ivoire sculptée et ajourée, et feuille peinte à sujet.

135 — Éventail Louis XV, à monture d'ivoire sculpté et découpé à jour, à figures et rocailles, avec feuille peinte : composition mythologique.

136 — Éventail Louis XV, à monture d'ivoire découpée à jour, avec feuille à sujet.

137 — Éventail, monture en nacre et feuille peinte à sujet galant.

138 — Éventail à monture d'ivoire et feuille peinte.

139 — Éventail du temps de Louis XV ; la monture en nacre est décorée de deux femmes et d'un amour en dorure au milieu de carquois, fleurettes et rinceaux rocaille en argent ; la feuille en vélin représente les Fiançailles de Jacob et de Rachel, et, au revers, une allégorie à trois personnages.

140 — Éventail du temps de Louis XV ; la monture en nacre est décorée de trois compartiments rocaille à personnages et amours en dorure ; la feuille en vélin représente Marc-Antoine et Cléopâtre dans un palais et, au revers, un sujet de bergerie.

141 — Éventail du temps de Louis XV ; la monture, en ivoire partiellement teint, est ornée de trois compartiments ajourés à personnages chinois au milieu de rinceaux rocaille ; la feuille en vélin représente Minerve montrant à ses suivantes l'emplacement de Rome future, et, au revers, un paysage à personnages chinois.